NORBERT BOGDON

BERSERKERNDE HUNDEWELPEN ALS MUCKEFUCK ERSATZ

EXZENTRISCHE SCHAUERGESCHICHTEN

BAND III DER TRINKERTRILOGIE

Norbert Bogdon

Norbert Bogdon stammt aus Bremen. Nach zehn Jahren als Fährmann auf der Weser veröffentlichte er seinen Roman „Tagebuch eines Arschlochs", der in Bremen ein Welterfolg wurde. Um dem Ruhm zu entfliehen, zog er nach Hamburg und arbeitet seitdem als Journalist und Autor in Hamburg und Berlin.
www.norbertbogdon.de

© 2019
Herstellung und Verlag: BoD – Books on Demand GmbH, Norderstedt
ISBN: 9783749429219

Gestaltung und Illustrationen: Anja Giese, Hamburg
www.anjagiese.de

Lektorat: Annemarie Lüning

Inhalt

DIE BLONDE BARBARA

DIE BLONDE BARBARA war als Ulknudel verschrien. Immerzu & immerfort quollen aus ihrem Munde allerlei hässliche Zoten und schlüpfrige Witze. Treffsicher und absichtlich landete sie damit unter der Gürtellinie.

Pfui, man möchte ausspucken!

Ich selbst halte von solchen billigen Vergnügungen nur allzu wenig. Man muss wissen, dass ich aus einer respektablen Familie stamme, die schon seit Generationen zum Lachen in den Keller geht. Als ich noch eine Knabe war, hatte sich ein übler Possenreißer in unserem Dorfe eingenistet. Seine abgeschmackten Scherze erzürnten mich so sehr, dass ich ihn an einem nebligen Herbsttage in einem unbeobachteten Augenblick in den Rinnstein schubste. Schnell bedeckte ich den hilflosen Kerl mit nassem Laub. Da war Ruhe im Karton. Nie wieder wurde er gesehen oder gehört. Meinen kleinen Streich behielt ich für mich. Selten, allzu selten, plagten mich Albträume. Darin wurde ich immer von einem nur mit rostroten Blättern bekleideten Mann, aus dem die ganze Zeit „Pirilli, Pirilli, sie finden dich nie" herauskicherte, in einen Gulli gestopft. Damals fing ich auch an, meine ältere Schwester, so lange zu kämmen bis sie bitterlich weinte. Diesen Brauch haben wir bis heute beibehalten. Jeden Donnerstagvormittag besucht sie mich bis zum Abendgrauen. Ihre Tränen fange ich mit einem extra dafür angefertigten Becher von purem Gold auf. Im Bett trinke ich davon winzige Schlucke. Seit ich das tue, sind die Nächte wunderbar traumlos.

Traumlos ja, aber oft auch schlaflos! Denn die blonde Barbara, meine grässliche Nachbarin, empfing ihre zahlreichen, ach i wo, zahllosen Männerbekanntschaften vornehmlich in dunklen Stunden. Vielleicht leuchtete ihr Humor dann umso heller. Die Herrenbesucher, allesamt windige Burschen mit schlechtem Leumund, fühlten sich in ihrer Gegenwart sehr gemütlich. Ihr dröhnendes Lachen über Barbaras vulgäre Albernheiten ließ nur allzu oft die Wände wackeln. Manchmal herrschte freilich auch über lange Minuten verdächtige Stille, nur hier und da war ein zufriedenes Grunzen zu vernehmen. Ich möchte mir gar nicht ausmalen, was wohl in ihrer Wohnstätte für Ferkeleien passierten. Irgendwann, wenn es schon längst morgenhell war, polterten und taumelten die Taugenichtse durch das Treppenhaus ab. Wer nun glaubte, dass Ruhe einkehren würde, der täuschte sich. Ach was, im Gegenteil. Die blonde Barbara war morgens noch so munter, dass sie sogleich das Xylophon vorholte und darauf ein schreckliches Weilchen abgedroschene Gassenhauer spielte. Was für ein liederliches Frauenzimmer!

Dabei hatte ich anfangs, als ich hierher zog, sie sogleich in mein Herz geschlossen, erinnerte mich Barbara doch an meine über alles geliebte Frau Mama. Die gleichen blonden Haare, die blauen Augen, die kein Wässerchen trüben konnten, die feingliedrigen Hände, die schlanke Figur. Doch es kommt nicht nur auf Äußerlichkeiten an, auch die inneren Werte zählen. Mutter war eine echte Dame gewesen, mit Benimm und Etikette. Während Barbara beispielsweise ordinär mit der Zunge die kalten Reste von den Verpackungen der Fertiggerichte leckte, vermochte Mutter selbst die edelsten Hummerschaumsuppen nur mit einem aus Silber getriebenen Löffel, in den unser Familienwappen geprägt war, zu sich zu nehmen. Auch bei der Erziehung von uns Kindern verlor sie nie ihren Geschmack. Der Rohrstock, mit dem sie uns züchtigte, hatte einen prachtvollen Elfenbeingriff, in den ein majestätischer Löwenkopf geschnitten war. Wenn sie das wertvolle Stück ergriff, pflegte sie zu sagen, dass eine ordentliche Tracht Prügel noch keinem Kinde geschadet habe. Wie recht sie doch hatte! Aus mir ist ein respektiertes Mitglied der Gesellschaft geworden. Auch meine Schwester verdient immer wieder einmal eigenes Geld. Doch Muttersein ist nicht nur eine anstrengende, sondern vor allem auch sehr stupide Aufgabe. Und so langweilte sich Mama über die langen Jahre zu Tode. Irgendwann hatte sie diese triste Aufgabe so über, dass sie Selbstmord beging, indem sie unter das Sofa kroch. Die patente und vorausschauende Frau hatte zuvor überall in der Stube Toilettensteine verteilt, die jeden zweifelhaften Geruch überdeckten. So bemerkten mein Vater, meine Schwester und ich ihr Verschwinden auch gar nicht. Erst einer guten Freundin fiel das Ganze nach einigen Wochen auf. Als wir nach einigem lustlosen Suchen Mutter unter dem Sofa fanden, war sie schon längs vollkommen verdorrt. Die zahllosen Wollmäuse hatten sie windesschnell ausgetrocknet. Noch heute muss ich unweigerlich an Mutter denken, wenn ich den Geruch von einfachen Zitronendufterfrischern schnuppere.

In der Anfangszeit unseres Kennens, als ich noch gutmütig war, besuchte ich Barbara regelmäßig. Ihr Onkel war ein polizeilich gesuchter Schnapsbrenner und so hatte sie immer unzählige Batterien Doppelkorn im Hause. Als wir wieder einmal eine Flasche dieses köstlichen Nasses geleert hatten, fasste ich so viel Vertrauen zu meiner Trinkgenossin, dass ich ihr vom Schicksal Mutters erzählte. Zum Schluss meiner Schilderung zeigte ich Barbara sogar eine Photoaufnahme, die drei Tage vor dem Verschwinden meiner lieben Mama angefertigt worden war. Was für eine barbarische Reaktion musste ich von der flegelhaften Person hinnehmen! Als sie die Aufnahme sah, brach sie in kreischendes Gelächter aus. „Kein Wunder, dass sie getan hat, was sie getan hat. Ich habe noch nie eine so verstockte, kratzbürstige und missmutige Person gesehen", brabbelte Barbara. Sie lachte schließlich so unkontrolliert, dass sie rücklings mit dem Stuhl zu Boden fiel. Dort blieb sie liegen und schlief sofort ein. Ich aß in die peinliche Stille hinein mein Leberwurstbrot, das mir Barbara geschmiert hatte, zu Ende. Man soll nichts verkommen lassen, auch wusste ich ja nicht, wann ich wieder einmal so eine gute Mahlzeit haben würde. Dann stand ich auf und ging heim. Von nun an war von meiner Seite beschlossene Sache, dass das Tischtuch zwischen uns zerschnitten und wir Todfeinde waren!

Barbara merkte davon allerdings nichts, es war ihr auch augenscheinlich egal, dass ich mich von ihr abgewandt hatte. Sie sah nur, dass ihre Verehrer weiterhin wie Pilze aus dem Boden schossen. Ihre Wohnung war immerzu gerammelt voll, nur einen Sonntag im Monat gönnte sich Barbara einen Tag der Besinnung. Aus gutem Grund! Da brachte ihr Onkel in aller Herrgottsfrühe mehrere Kisten mit gerade gebranntem Doppelkorn. Frisch ist das Gebräu ja am köstlichsten. Und der erste Schluck aus der Flasche ist doch immer noch der beste. So öffnete Barbara jede der neuen Flaschen und nahm daraus einen kräftigen Schluck. Auch war Barbara neben dem Genuss der Gedanke lustig, dass ihre Gäste unwissentlich aus schon von ihren Lippen besudelten Gefäßen tranken. Naturgemäß war die Frau nach nur wenigen Stunden am Sonntag zu nichts mehr zu gebrauchen und lag schon am späten Morgen, vom Rausch niedergezwungen, wie bewusstlos am Boden.

Weil sie nie die Tür verriegelte, konnte ich problemlos zu Barbara. Ihren Bruder empfing sie immer im Morgenrock. Und wie ich aus guter Erfahrung wusste (ich hatte oft genug bei ihr übernachtet; Herrgott, der Geist ist willig, das Fleisch ist schwach),

war es ihr das Wichtigste, nach dem Ruhen in ihre Hose zu schlüpfen. Wie immer hing sie fein gefaltet über dem Bettstuhl. „Ordnung muss sein", war ihr liebster Spruch. Sogleich hatte ich Nadel und Faden zur Hand. Ich pfiff zufrieden vor mich hin, als ich die beiden Hosenbeine zusammennähte. Nachdem ich mit meiner perfiden Handarbeit fertig war, legte ich die Hose sauber gefaltet auf den Stuhl zurück, den ich dann so nahe wie möglich an Barbara rückte. So fiele ihr Blick gleich darauf, wenn sie aus ihrem Schlummer erwachte. Dann stellte ich alle Kornflaschen um die am Boden liegende Barbara herum. Das war eine Plackerei, ihr Bruder hatte es wieder einmal allzu gut gemeint mit seiner Lieferung. Als ich alles geschafft hatte, nahm ich den Schlüssel, verriegelte damit ihre Haustür von außen und gab ihn einer streunenden Katze zu fressen. Da würde niemand danach suchen. In meiner Wohnung schaute ich durch ein kleines Guckloch in Barbaras Stube. Das hatte ich schon vor einer ganzen Weile in die Wand gebohrt, um gegebenenfalls eingreifen zu können, wenn das Treiben bei Barbaras Gesellschaften zu bunt werden würde. Tatsächlich klappte alles wie am Schnürchen! Der Alkohol war bei meiner Nachbarin so weit abgeklungen, dass sie sich wieder bewegen konnte. Sogleich wollte sie in ihre Hose gleiten. Sie schlüpfte mit dem linken Bein hinein, kam aber natürlich nicht zum Erfolg. Barbara hüpfte mit dem rechten Bein kurz durch die Stube und fiel dann laut zu Boden. Sie versuchte es immer wieder, doch in die Hose zu kommen, scheitere aber jedes Mal bravourös. Vom vielen Fallen war sie schon ganz grün und blau!

„Bumm", machte es jedes Mal vernehmlich, wenn sie wieder auf das Parkett schlug. Herzlich musste ich bei jedem Niederfall lachen.

Das war noch Unterhaltung mit Niveau. So etwas gibt es heute ja gar nicht mehr. Am liebsten hätte ich mir für meine intelligente Idee auf die Schulter geklopft.

„Verflixt und zugenäht", knurrte Barbara nach einem guten Dutzend Versuche, ohne zu ahnen, wie recht sie doch hatte.

Barbara war von ihrem Tun schon ganz atemlos. Um ihren Durst zu löschen und sich zu stärken, trank sie immer wieder vom Doppelkorn. Das machte die Situation naturgemäß nicht besser. Bald war sie mehr erschöpft als tätig. Auch mir wurde das immergleiche Schauspiel fade. Zumal ich nun wusste, dass alles auf einem guten Weg war. Weil die brütende Augusthitze zudem in der Stadt unerträglich war, fuhr ich für einige Tage in die Sommerfrische. Als ich zurückkehrte, herrschte Totenstille in der Nachbarswohnung. Ich kramte aus der Katze den Schlüssel hervor und betrat Barbaras Heim. Ah, wie meisterlich war alles gelungen! Barbaras unermüdlicher Kampf mit der vermaledeiten Hose hatte sie final niedergezwungen. Die sommerliche Hitze und der viele Alkohol in ihrem Körper waren zudem eine wunderbar höllische Kombination gewesen. Barbara war in meiner Abwesenheit zur Mumie geworden! Das hatte ich mir in meinen kühnsten Träumen nicht ausgemalt.

Mit Tränen in den Augen verbrachte ich Barbara in meine Wohnung. Dort bettete ich sie vorsichtig auf die linke Seite meiner Schlafstätte. Rechts war ja der Platz schon besetzt. Da liegt seit vielen Jahren Mutter. Wenn es nun Zeit für die Nachtruhe ist, liege ich lächelnd in der Bettmitte, lösche das Licht und greife die feingliedrigen, ledrigen Hände von Mutter und Barbara und flüstere, schon halb eingeschlummert, zu den beiden ein glückseliges „Gute Nacht, ihr Lieben".

FREUDEN IN DER PROVINZ

WEIL MIR DIE ZU RECHT so weltbekannte Currywurst gar nicht mehr munden wollte, erachtete ich meine Zeit in Berlin als abgelaufen. Auch war mir nicht lieb, dass ich in der so genannten Kunstszene längst als vollkommen abgewirtschaftet galt und mir niemand mehr einen der früher so üblichen hanebüchen hohen Vorschüsse auf noch zu schreibende Romane, Erzählungen, Dramen usw., usf. gewähren mochte. Schon mehrmals hatte mich zudem der Gerichtsvollzieher in aller Herrgottsfrühe aus dem Bette geklingelt, um nachzuschauen, ob es bei mir noch irgendetwas zu holen gäbe. Dabei ist doch der ungestörte Schlaf vor elf Uhr der erholsamste überhaupt. Man mag sich nur einmal den staatlichen Geldeintreiber, sicherlich ein notorischer Frühaufsteher, ansehen. Seine unreine Haut spricht doch Bände!

Es war also höchste Zeit, die Hauptstadt zu verlassen. So kam es mir nur zupass, dass mir jüngst eine alte Tante im norddeutschen Raum ein kleines Häuschen vererbt hatte.

Mein Zuggeld verdiente ich mir bei der Nachbarin, einer blinden Offizierswitwe aus gutem Hause. Ihr drehte ich meinen Schwarzweißfernseher als ganz neues Farbgerät mit allen Schikanen an. Sie freute sich über das gute Geschäft, ich über das bare Geld in meiner Hand. Da sie ein böses, altes verbittertes Weib war, das sich mit allen verfeindet hatte und somit längst vollkommen vereinsamt lebte, würde sie auch niemand auf den Betrug aufmerksam machen. Wahrscheinlich würde sie sich bis zu ihrem sicherlich baldigen Tode über das vermeintliche Schnäppchen ins Fäustchen lachen. Wer Freude macht, kann ja wohl kein ganz schlechter Mensch sein, lobte ich mich selbst, nachdem ich die Wohnung verlassen hatte. Daheim beobachtete ich aus dem Fenster meiner doch sehr schäbigen Einzimmerwohnung aufmerksam die Straße, ob dort nicht der üble Gerichtsvollzieher herumlungerte, um mir noch im letzten Moment mein schönes Geld abzunehmen. Doch der Mann war nicht zu sehen, wahrscheinlich peinigte er gerade andere Menschen.

Einen Feierabend mochte er sicherlich nicht haben, zu sehr ereiferte und erfreute er sich an seinem Berufe. Wahrscheinlich hatte er auch kein Zuhause, sondern eilte immer nur von Pfändung zu Pfändung. Manchmal, wenn die Müdigkeit zu groß wurde, gönnte er sich vielleicht ein paar Minuten unruhigen Schlafes auf einer Parkbank, um schon bald wieder hochzuschrecken und weiterzueilen, Menschen ihr Hab und Gut wegzunehmen. Immer und immer wieder hatte der Mann mit seinen gierigen Klauen meine Besitztümer aus meinem Heim geschleppt. Sein gemurmeltes „Was haben wir denn da noch Schönes", wenn er irgendetwas von Wert bei mir entdeckte, trieb mir jedes Mal die Zorneswut in den Körper. Ohrfeigen hätte ich ihn da können. Doch er war ein vierschrötiger Kerl von nahezu zwei Metern Körpergröße. Böse Prügel wäre mir sicherlich gewiss gewesen, hätte ich zuerst die Hand gegen ihn erhoben. Das galt es zu vermeiden, denn nichts fürchtete ich mehr als Schmerzen, seit mir im zarten Alter von drei Jahren der Ortsfriseur meines Heimatdorfes, ein furchtbarer Trunkenbold, während seines beruflichen Tuns das linke Ohrläppchen abgeschnitten hatte. Seitdem trage ich das Seitenhaar immer länger, obwohl ich ganz nach meinem Großvater mütterlicherseits komme und schon seit Anfang 30 eine Halbglatze habe.

In meinen großen Zeiten hatte dieser Makel freilich meiner famosen Wirkung auf Frauen keinerlei Abbruch getan. Ich war aber auch ein fescher Kerle, vom vielen

Champagner, Kaviar und Hummer spannten mir sogar die Maßanzüge. In meinem zwölfzylindrigen italienischen Sportwagen raste ich von Party zu Party, auf dem Beifahrersitz eigentlich immer eine neue Damenbekanntschaft nach meinem Geschmack (damals hatten es mir die großen und übergroßen Oberweiten geradezu fanatisch angetan; Herkunft und Bildung waren mir dagegen völlig egal).

Nun, es hilft nichts, diesen glanzvollen und ausschweifenden Zeiten nachzuweinen. Trotzdem tue ich es doch in allzu häufigen Abständen.

Doch als ich die Türe zu meiner Wohnung zum letzten Male zuzog und mich zum Bahnhof aufmachte, beschloss ich auch, die finsteren Gedanken zurückzulassen.

Über die Fahrt gibt es eigentlich nichts Merkenswertes zu berichten, außer dass die Mode der Einsteigenden an den Bahnhöfen, je näher ich dem Ziele kam, bedenkenswert ins Hässliche wechselte. „Wie fein", dachte ich froh. So würden meine fadenscheinigen Hosen und die durch das viele Waschen farbverschossenen Oberhemden gar niemandem bös ins Auge fallen. In der neuen Heimat angelangt, machte ich mich sogleich zum Hause der verstorbenen Verwandten auf. Die Schritte gingen mir leicht von der Hand. Zum einen war ich sicher, in eine bessere Zeit zu gelangen, zum anderen machten mir die wenigen Besitztümer in meinem Koffer die Wanderung auch nicht sonderlich schwer.

Bald stand ich vor dem trutzigen Häuschen der Tante, das am Rand zum Walde lag. Der Schlüssel quietschte angenehm im Schloss. In der guten Stube und auch in den restlichen Räumen war alles picobello. Die alte Dame hatte wohl recht deutlich gespürt, dass es Richtung Grabe ging, und noch rasch großreinegemacht. Selbst das Bett hatte sie frisch bezogen. Danach war sie zum nahen Rummel gegangen und hatte sich zu den Kindern ins Kettenkarussell gesetzt. Erst jauchzte sie fröhlich und zappelte lustig mit den Beinen. Da lachten die Kleinen froh. Doch dann traf meine Tante schwer der Schlag und sie fiel laut grunzend, zuckend und mit bösem Augenrollen ekelhaft in sich zusammen. Die Blagen schrien entsetzt und verängstigt so laut, dass in der ganzen Umgegend die Fenster barsten.

Es dauerte Tage, die Kinder wieder zu beruhigen. Das war ein Abgang nach meinem Herzen. Nicht verkniffen, grau, miesepetrig und kümmerlich, sondern mit großer Geste. Chapeau, Tante!

Wohl wissend, dass ihr Spitzname in Familienkreisen „Die Schnapsdrossel vom Amselweg" war, hatte ich bei meinem Rundgang eine Heerschar an ungeöffneten Cognacflaschen entdeckt. Zu Ehren der Verstorbenen trank ich ein Gläschen.

Und noch eins.

Und noch eins.

Und noch eins.

Und noch eins.

Und noch eins.

Bald wusste ich nicht mehr, ob ich Männlein oder Weiblein war.

Und noch eins.

Und noch eins.

Und noch eins.

Hier verlässt mich die Erinnerung an diesen Tag endgültig.

Ich muss mich aber in meiner Gesellschaft noch glänzend amüsiert haben. Warum sonst hätte mir wohl die Augenbrauen abrasiert und die Haare in der Pfanne gebraten?

Die Tage gingen mir in der neuen Heimstätte gut voran. Ich schlief und trank viel und ließ es mir auch sonst recht gut gehen. Der Sparstrumpf der alten Tante, den ich unter dem Kopfkissen gefunden hatte, war prall gefüllt. Für das täglich Brot war also gesorgt. Doch schnell wurde mir entsetzlich langweilig. Nach den Entbehrungen der Großstadt lebte ich regelrecht auf und schon bald kam mir die Laune nach allerlei Gaudi, den ich früher ja gern getrieben hatte.

So lief ich zur besten Tageszeit splitterfasernackt durch den Ort, nur mit gelben Gummistiefeln an den Füßen, und schlug unrhythmisch eine große Trommel. Die Menschen waren empört, doch der Bürgermeister mochte nicht eingreifen. Meine zauberhafte Tante hatte ihn regelmäßig zum Gedankenaustausch usw, usf eingeladen. Die frivolen Treffen hatte sie mit einer versteckten Kamera festgehalten. Daher auch ihr bescheidener Reichtum.

Da der Bürgermeister mich gewähren ließ, zeigten die Menschen ihren Unmut gegen mich, indem sie mir tote Katzen an die Haustür nagelten. Da waren sie aber an den Falschen geraten. Ich ließ mich nicht so rasch ins Bockshorn jagen. In Windeseile hatte ich mir aus den Fellen einen prachtvollen Mantel geschneidert, mit dem ich durchs Dorf stolzierte. Da war mit dem Nageln Schluss. Wie schade, ich hätte mir noch gern eine Decke gehandarbeitet.

So zog wieder einiger Müßiggang in mein Leben ein und erneut sehnte ich mich nach ein wenig weiterer Zerstreuung und Abwechslung.

Nach einigen Monaten im neuen Heim tapste ich, in der linken Hand einen doppelten Cognac, durch den Garten. Es dämmerte schon, aber ich war noch recht fest auf den Beinen. Ich hatte den ganzen Tag viel Fett gegessen, da trotzt man den Auswirkungen des Alkohols ja etwas länger.

Plötzlich hörte ich ein Rascheln im Gebüsch. Ein Wildtier?

Wie gut, dass ich in der rechten Hand einen sehr schweren Wacholderstock hielt, mit dem ich mich nach dem siebten oder achten doppelten Cognac immer abzustützen pflege. Mit Todesmut und all meiner Kraft hieb ich damit ins Unterholz. Das sofort ertönende Aufquieken hörte sich allerdings sehr menschlich an. Da drosch ich gleich nur noch fester zu. Vielleicht war es einer der unlauteren Dorfbewohner, der Böses im Schilde führte, oder ein Kind, das sich verirrt hatte. Ich musste sehr lachen, denn aus dem Gebüsch heulte es nun unentwegt. Ich verfluchte den vielen getrunkenen Cognac, weil er mich zu einer kurzen Pause zwang. Denn ich sah schon Doppelbilder und mir sackten die Beine weg. Da rief ich mit strenger Stimme die Person an, sie möge aus dem Gebüsch hervorkommen. Schon wieselte eine dunkle Gestalt herbei.

Teufel auch, es war der Gerichtsvollzieher! Mit dem hatte ich nun wahrlich nicht gerechnet. Und mit seinem Tun noch viel weniger! Denn der Kerl klammerte sich an mein linkes Hosenbein und greinte bitter: „Ich habe nur dich, nur dich, nur dich, nur dich, du Guter." Als er mir auch noch die Schuhe zu küssen begann, wurde mir doch warm ums Herz. „Was für eine jämmerliche Person", dachte ich lustig. Ich ermunterte ihn noch mit einem ruhig gesprochenen „Brav, brav" zum Weitermachen. Auch tätschelte ich ihm einige Male altväterlich den Kopf. Weil ich nach einem Weilchen aber befürchtete, dass von seinem unentwegten Tränen das Oberleder aufquellen könnte, befahl ich ihm, damit aufzuhören und mich ins Haus zu bringen.

Ich hatte während unseres Wiedersehens unentwegt an der Cognacflasche genascht und war nun rechtschaffen angeschlagen. Allein hätte ich mühsam ins Haus kriechen müssen, so gut hatte ich es mir gehen lassen. Doch nun nahm mich der Gerichtsvollzieher huckepack und trug mich ächzend aus dem Garten. „Das kann ja heiter werden", murmelte ich schlaftrunken als er mich vorsichtig in mein Bett legte und zudeckte, und dachte beim Einschlummern, wie sehr mir sein demütiges Tun in der Zukunft das Gemüt aufhellen könnte.

Am nächsten Morgen wurde ich durch den Duft von Kaffee geweckt. Tatsächlich brachte mir mein neuer Hausgenosse ein köstliches Frühstück ans Bett. Das ließ ich mir gerne munden. Danach wusch er mich ausführlich. Als ich endlich aufgestanden und angezogen war, machte ich es mir im Wohnzimmer bequem und ließ den Gerichtsvollzieher reden, der lieb am Boden saß.

Nun kam die Wahrheit ans Licht. Der arme Tropf war schon lange ein glühender Verehrer meines Schaffens. Doch er konnte seine Gefühle nicht zeigen. So hatte er mir den strengen Geldeintreiber vorgegaukelt, nur um in meiner Nähe sein zu können.

Die gepfändeten Summen hatte er übrigens immer fleißig gespart, auch das bei anderen Schuldnern abgeschleppte Geld emsig gehortet. In seinen kühnsten Träumen malte er sich ein Leben mit mir aus, immer darauf bedacht, dass es dem Künstler an nichts fehle, damit ich wieder einmal etwas schreiben würde.

Seine Worte gefielen mir und ich ließ mir gleich das von ihm ersparte Geld vorzählen. Hui, es war ein so großes Sümmchen, dass meine Augen glücklich aufleuchteten. Sogleich ließ ich ihn einen Wisch unterschreiben, mit dem er mir alles abtrat.

Anfangs dachte ich, dass mir der Bursche schnell über sein würde und ich ihn bald mit Schimpf und Schande von

Hof jagen würde.

Doch der Mensch ist ein Gewohnheitstier!

Schnell wollte ich den putzigen Lakaien schon gar nicht mehr missen.

Nach Lust & Laune behandle ich ihn mal gut, mal schlecht. Beides ist dem Mann recht, Hauptsache er erhascht regelmäßig ein bisschen Aufmerksamkeit von mir. Natürlich ist er völlig kritiklos. Auch jeden noch so wirr hingeschmierten Zweizeiler von mir bejubelt er ohne mit der Wimper zu zucken.

An guten Tagen bringe ich ihm Bruchwurst vom Schlachter mit und wenn ich ihn mit den Stückchen füttere, schnurrt er auf meinen Wunsch sogar.

Nur im Bett schlafen darf er nicht mehr.

Mit seinen Glückstränen weinte er mir doch zu arg die Laken nass.

STRENGE
HÄNDE &
UNERWARTETES
LIEBESGLÜCK

MEINE FAMILIE hatte mir schon seit ich denken konnte missfallen. Die ältere Schwester war bös und faul und heiratete schon in jungen Jahren eine reichen Fabrikanten, den sie mit ihren Peinigungen in einen frühen Tod trieb. Noch auf dessen Sterbebett keifte sie ihn an, dass er sich eilen solle. Gleich begänne ihre Lieblingsserie im Fernsehen, die wolle sie auf keinen Fall versäumen. Gerüchten zufolge soll er mit einem Lächeln für immer eingeschlafen sein und dabei selig „Endlich Ruhe" gemurmelt haben. In der nun folgenden maßlosen Witwen-Freizeit verspritzte sie ihr Gift durch das Schreiben unzähliger Leserbriefe an die Heimatzeitung, in denen sie gegen alles und jeden geiferte. Als sich der Chefredakteur irgendwann weigerte, diesen Unrat weiter zu drucken, kaufte sie das Käseblatt kurzerhand, schmiss den armen Tropf hochkant heraus und konnte nun schalten und walten wie sie wollte. Die Leser waren von der neuen Lektüre so niedergeschlagen, dass sie binnen kürzester Zeit farbenblind wurden und die Welt nur noch grau in grau sahen. Das war natürlich Wasser auf die Mühlen meiner Schwester. Sie ging in ihrer Arbeit so auf, dass sie glücklicherweise keine Zeit für Familienbesuche fand und uns über kurz oder lang vollkommen vergaß.

Der Vater war in seinem Beruf als Heiratsschwindler so erfolgreich, dass ich ihn eigentlich nie zu Gesicht bekam. Er war ein Lebemann, wie man ihn sich vorstellt. Immer tiefgebräunte Haut, die vom vielen Sonnen schon ledrig wurde, überweiße kräftige Zähne, schlecht gefärbte Haare. Genau der Typ Mann, der einen gewissen Schlag von Frauen verrückt macht. Wenn er einmal daheim vorbeischaute, prahlte er mit seinen Damengeschichten. Danach ließ er sich von mir das jüngste Zeugnis zeigen, las mir die Leviten („Ich war einst ein Musterschüler, überall herausragend. Mein Herr Sohn scheint mir da aus einem anderen, weicheren Holz geschnitzt. Hoffentlich kann ich später einmal wenigstens ein bisschen stolz auf dich sein") und ließ mich dann zur Stärkung meiner Konstitution um den Küchentisch laufen, bis ich erschöpft zusammensackte. Dann schüttelte er missbilligend den Kopf und beachtete mich nicht weiter. Mama schien er mehr zu mögen, ließ er ihr doch jedes Mal dicke Geldbündel da, bevor er wieder auf Monate verschwand.

Die Mutter tat den lieben langen Tag eigentlich nichts anderes als zu rauchen. Das Lüften war ihr aber sehr verhasst. So herrschte in unserem Hause immer finsterer Nebel. Es versteht sich von selbst, dass ich ein besonders fahles und dürftiges Kind war. Auch hustete ich unentwegt. Das störte meine Mutter so sehr bei ihrem einzigen Zeitvertreib, dass er ihr immer öfter misslang. Mal brannte ihr die Cigarette so weit herunter, dass die Finger vom Nikotin schon ganz gelb waren. Mal fiel ihr die Glut ab, dass ihr roter Pullover von den Brandflecken völlig zerlöchert war. Immer öfter konnte sie gar nicht mehr rauchen, weil sie beide Ohren zuhielt, um mein erbärmliches Husten nicht hören zu müssen. Um die alte Ordnung wieder herzustellen, gab sie mich schließlich in ein Heim.

Dort tat mir die strenge Hand der Erzieherinnen wohl. Auch gefiel mir die vermehrte Aufmerksamkeit gut, die mir und den anderen Kindern zuteil wurde. Ich war nicht mehr der störende Nichtsnutz, sondern ein sicherlich kleines, aber immerhin ein Rädchen in einem großen Uhrwerk. Endlich tätig, endlich gebraucht! Schon vor dem ersten Hahnenschrei knipsten die Aufpasserinnen die Neonröhren in den großen Schlafsälen an, rissen uns schlaftrunkenen Kindern die Bettdecken fort und spritzten uns Eiswasser ins Gesicht. Während sie dann ausführlich frühstückten, mussten wir kerzengerade und still an unserer Bettstelle stehen. In jeder Hand hielten wir einen schweren Lexikon-Band, damit wir auch ja recht klein blieben. Nach der Morgendämmerung kamen die Frauen gutgelaunt zurück und lachten uns herzhaft aus, weil wir so kümmerlich aussahen. Dann warteten den lieben langen Tag allerlei Aufgaben auf uns Kinder. Am Morgen, wenn Augen und Hände noch frisch waren, wurden wir an die Nähmaschinen gezwungen und fertigten Hemden für das alteingesessene Oberbekleidungsgeschäft in unserer Stadt. Nach der obligatorischen täglichen Graupensuppenmittagspause marschierten wir durch Feld und Wiesen zum heimeigenen Steinbruch. Dort schlugen wir für den führenden Bauunternehmer Gehwegplatten. Auch die Abende waren kurzweilig. Die Erzieherinnen saßen im Kaminzimmer, lasen sich aus abgeschmackten Groschenromanen vor und tranken Sherry, bis sie nicht mehr konnten. Derweil huschten wir Kinder durch die Zimmer, kehrten die Frühstückskrümel zusammen, pflückten die achtlos fortgeworfenen Taschentücher der Frauen vom Boden oder fegten die Spinnweben von den Wänden. Hier galt es Obacht walten zu lassen. Vor meiner Zeit hatte sich ein unachtsamer Heimbewohner in einem der Netze verfangen. Sein hektisches Zappeln war in der Situation grunddumm, wie der Erzieherinnen bis heute nicht müde werden zu erzählen.

Der Bursche machte die Spinnen nur aufmerksam auf sich und den Achtbeinern wurde gewiss, dass ihnen ein ganz besonderer Leckerbissen ins Netz gegangen war. In Windeseile krabbelten sie herbei und sponnen ihn mit ihren Fäden emsig ein. Zur Mahnung an uns hängt der weiße Kokon mit der darin befindlichen und schon längst ausgesaugten Hülle des Knaben noch immer in der Zimmerecke.

War die tägliche Sherry-Ration ausgetrunken, schlug die Obererzieherin einen Gong und alle begaben sich zur Bettruhe. Tag für Tag verstrich in erquickender Eintönigkeit. Nur bei der Armee konnte ich mir vorstellen, einen ähnlich gemaßregelten und wunderbar strengen Tagesablauf vorzufinden, und träumte deshalb von einer Karriere beim Militär. Ich sah mich schon in einer schneidigen Uniform auf einem prachtvollen Rappen über das Kasernengelände galoppieren. Nur ab und an hielte ich an, um einen einfachen Soldaten tüchtig zusammenzustauchen, eine Prise Schnupftabak zu nehmen und meinen langgewachsenen Schnauzbart zu zwirbeln. Doch es sollte nicht sein. Mir wurde schon blümerant, wenn ich für den örtlichen Schlachter Hühner köpfen musste. Wie sollte ich da als Oberst oder General in der Armee dienen, wo man doch tagtäglich mit dem Degen auf Feinde eindrischt und noch gleichzeitig mit der Pistole feuert? Ich musste meinen Traumberuf unweigerlich zu den Akten legen. Was tun? Eine Arbeit brauchte ich doch. Es waren ja für Kost und Logis im Heim horrende Schulden aufgelaufen, welche die Leitung nun endlich einmal zurückwollte.

Doch unverhofft kommt oft. Gertrud, eine der Erzieherinnen, hatte genug vom Junggesellinnen-Dasein. Gleich an meinem 18. Geburtstag heiratete sie mich vom Fleck weg. Wie es das Schicksal wollte, starb am selben Tag meine Mutter. Altes geht, Neues kommt. So ist der Lauf der Welt. Durch diesen guten Zufall hatten Gertrud und ich auch gleich eine neue Unterkunft, denn Mutters Wohnung gefiel uns sehr. Der bauernschlaue Eigentümer ließ uns nur zu gern einziehen. Gertrud, die gelernte Erzieherin und Pflegerin, sollte sich um sein Wohl und seinen durch ungezügelte Misswirtschaft hinfälligen Körper sorgen. Ich, jung und gelenk, würde mich um seine Unterkunft sorgen, denn er war unsauber wie kein Zweiter.

Zwei volle Wochen brauchten zunächst allerdings drei Handwerker, um in harter Arbeit das Nikotin der unzähligen gerauchten Zigaretten von Mutters vier Wänden zu schlagen. Bis unsere neue Unterkunft bereit war, durften Gertrud und ich im Heim verbleiben. Freilich war mir die Zeit unangenehm, denn meine Frau teilte sich mit einer alten Oberschwester ein Zimmer und Bett. In der Schlafstätte war es übereng und die Oberschwester ruhte zwischen Gertrud und mir. Auch war sie eine unruhige Schläferin, wälzte sich viel hin und her und drängte mich so ein ums andere Mal aus dem Bett. Regelmäßig fand ich mich mitten in der Nacht auf dem winterkalten Steinboden wieder. Nach nur wenigen Tagen war mein Körper deshalb von Frostbeulen übersät. Zärtlichkeiten mit Gertrud verboten sich da von selbst, auch wenn die Oberaufseherin sie von Herzen guthieß. „Ich habe in meinem langen Leben sicherlich schon Schlimmeres gesehen", sagte sie Abend über Abend, wenn sie lächelnd und erwartungsfroh in ihrem Ohrensessel saß. Doch Gertrud ekelte sich über alle Maßen vor meinem nun so verunstalteten Leib. Das kann man nur allzu gut verstehen, ich hätte sicherlich ebenso empfunden. Mir tat es nur für die Mutter Oberin leid, die uns doch so gutherzig Unterschlupf gewährt hatte.

Auf Mutters Beerdigung schmiedeten Gertrud und ich fleißig süße Zukunftspläne. Unablässig tuschelten wir uns auf der kalten Kirchenbank Ideen zu, bis uns die Köpfe ganz heiß wurden. Warum auch nicht. Wir waren die einzigen Gäste und die Trauerrede kam vom Band. Noch vor dem Ende der trübseligen Veranstaltung huschten meine Frau und ich davon, hatte doch Gertrud einen famosen Geistesblitz gehabt. Im Hause meiner Mutter befand sich ein Tabakwarenladen, in dem meine Mutter natürlich Kundin war. Zum Glück war der Betreiber eine ehrliche Haut. So hatte er uns verraten, was unmittelbar vor ihrem Tod geschehen war. Mein Vater war nach langer Zeit wieder einmal bei ihr hereingeschneit. Er verkündete allerlei. Ein überreiche Frau, von Adel und jung zugleich, hatte unrettbar ihr Herz an ihn verloren. Ihm sei zudem das ständige Herumvagabundieren inzwischen zuwider und er wolle sich zur Ruhe setzen. Die Dame komme da gerade recht, schon am nächsten Tag sei Hochzeit. Ein Trinkkamerad, der Standesbeamter war, hatte auf Papas Wunsch hin die Ehe mit meiner Mutter sogleich für null und nichtig erklärt. Sie seien nun geschiedene Leute, er sei gekommen, um für immer Adieu zu sagen. Zum Abschied schenkte er Mutter einen ganzen Koffer voller Geld.

Kaum war Vater fort, eilte sie damit zum Tabakladen. Für die immense Summe verlangte sie sofort die Herausgabe von Rauchbarem. Der Ladenbetreiber machte das Geschäft seines Lebens und eilte den ganzen lieben Tag lang von seinen Räumen in Mutters Wohnung, um die Cigaretten zu deren neuer Besitzerin zu bringen. Doch selbst als die Nacht anbrach und der Laden leergeräumt war, hatte Mutter immer noch eine enorme Gutschrift in dem Geschäft. Der Mann orderte sofort neue Glimmstängel, die in den nächsten Tagen eintreffen sollten. Er trank auch zu jeder vollen Stunde ein gequirltes rohes Eigelb mit Zucker, um für die kommende Herkulesaufgabe das körperliche Rüstzeug zu haben. Ihn bangte vor dem nächsten Tag, denn solche Mengen Waren zu verbringen, fordert schon den ganzen Mann. Zeitig ging er ins Bett und zitterte erbärmlich vor der Ungewissheit, ob ihm der Streich gelingen würde. Derweil wurde meine Mutter nicht mehr Herr der Lage. Überwältigt von den schon gelieferten großen Cigarettenmenge wusste sie gar nicht, wo sie anfangen sollte. Verzweifelt riss sie diese und jene Packung auf, begann eine Cigarette zu rauchen, nahm ein paar Züge, drückte sie gleich wieder aus und steckte sich die nächste an. Nach einem Weilchen kam sie auf die Idee, zwischen die Finger ihrer Hände so viele Kippen wie möglich zu klemmen, und konnte so immerhin an acht Stück zur Zeit saugen. Die tapfere Frau wollte die ganze Nacht durchrauchen, um tüchtig voranzukommen. Nach wenigen Stunden war die Luft so dick, dass Mutter sie mit einem Messer schneiden musste, wenn sie einmal aufstehen und ein paar Schritte gehen wollte. Das konnte nicht gut enden und bald gingen ihr Atem, Kraft und schließlich der Herzschlag aus. Als der Händler am nächsten Morgen mit den ersten neu eingetroffenen Tabakwaren die Wohnung betrat, lag Mutter, noch die abgeglommenen Cigarettenreste zwischen den Fingern, tot in ihrem Ohrensessel.

Der Ladenbetreiber saß schon auf gepackten Koffern, als er uns das erzählte. Der unverhoffte Geldsegen durch Mutters Großeinkauf erlaubten ihn nun einen sorgenfreien Ruhestand, den er im warmen Süden verbringen wollte. An einen Nachfolger für sein Geschäft hatte er keinen Gedanken verschwendet. „Nach mir die Sintflut", war hier sein Motto. Ohne zu zögern, händigte er uns die Ladenschlüssel aus, als Gertrud danach fragte. „Und die Ware im Laden gehört ja sowieso der Mutter, also Ihnen", rief er mir munter zu, als er in ein inzwischen eingetroffenes Taxi einstieg und sogleich auf Nimmerwiedersehen abbrauste.

Dem Hausbesitzer war es nur recht, dass er uns neben der Wohnung auch den Laden zuschusterte. So hatte er uns nur noch mehr in seinen schmutzigen Klauen. Der alte Kerl spielte uns schon bald übel mit. Gestützt durch unsere Versorgung, gammelte er die meiste Zeit im Bett herum. Das Ekel ließ sich von uns von vorn bis hinten bedienen. Seine geliebten Stampfkartoffeln, Dosenbier, Knabbergebäck, Schnaps, Hülsenfrüchte, Likör, Krümelkekse und allerlei mehr ließ er sich ans Bett bringen.

Er aß und trank für sein Leben gern, aber so unsauber, dass ihm das meiste aus dem Munde fiel. Deshalb brauchte er immerzu Nachschub und die Schlafstätte mussten wir rund um die Uhr von dem sich blitzschnell anhäufenden Unrat säubern. Den Verpackungsmüll tat er zwar in einen Beutel. Aber nur, um damit durch die Wohnung zu schlurfen und den Schmutz wieder zu verteilen. So hielt er uns auf Trab.

Wenn Gertrud und ich auf den Knien durch die Räume krochen, um das alles wieder aufzuklauben, rief er uns lachend zu, dass Bewegung gut für die Gelenke sei. Auch hatte er die Heizung voll aufgedreht und hielt alle Fenster fest verschlossen. Durch die große Hitze schwitzte er übermäßig stark und benötigte eine immerwährende Körperreinigung.

So ging es eine schreckliche Weile. Uns kam das Ganze schon aus den Ohren heraus. Doch war guter Rat teuer. Deshalb klaubte Gertrud all unser Geld zusammen und ging damit zur Oberschwester, die uns einst Unterschlupf gewährt hatte. Die wissende Frau ließ die Scheine vergnügt zwischen ihren Fingern knistern, dann gab sie meiner

Gattin tatsächlich einen Wink, der unsere vermaledeite Situation beenden konnte.

Strahlend kam Gertrud nach Hause, in den Händen eine Pappschachtel. Was mochte wohl darin sein, fragte ich mich und hob den Deckel an. In dem Karton saßen sechs Spinnen, die Gertrud aus ihrer alten Wirkungsstätte mitgenommen hatte. Rasch erzählte meine Frau nun den Plan der Oberschwester. Da wurde mir leicht ums Herz! Ja, nun konnte unser Glück vielleicht zurückkehren. Wir verbrachten den Karton in das Badezimmer des Alten, den einzigen Raum, den er ganz bestimmt nicht betreten würde. In Windeseile huschten die Spinnen aus ihrem bisherigen Heim und verkrochen sich ängstlich in Nischen und Ecken. Doch von Tag zu Tag wurden die kleinen Racker mutiger & frecher. Gertrud und ich taten aber auch alles für ihr leibliches Wohl. Erst fütterten wir sie mit Fliegen, Motten und Schmetterlingen und die gute und reichliche Kost ließ sie schnell heranwachsen. Schon bald mussten wir ihre Ernährung umstellen. Nun waren es Hamster, Meerschweinchen, dann Katzen und schließlich sogar Hunde, die wir an sie verfütterten. Für meine Frau und mich war es eine beinah übermenschliche Anstrengung, unter Tag den Laden zu führen, nebenher und abends den Alten zu versorgen und dann nachts durch die Straßen und Gärten zu schleichen, immer auf der Suche nach Katzen und Hunden, um den inzwischen zügellosen Hunger der Spinnen zu stillen. Man mag übrigens nicht glauben, dass wir von den Wesen nur einen Funken Dankbarkeit erwarten durften. Gertrud und ich mussten ihnen nur für die Dauer eines Wimpernschlages den Rücken zukehren, schon langten sie uns mit ihren kräftigen, haarigen Beinen an, um uns in ihre nimmersatten Münder zu ziehen. Wie groß sie in den wenigen Wochen geworden waren, in das Badezimmer passten sie kaum noch hinein. Außerhalb der Fütterungszeiten hielten wir die Tür ihrer Behausung streng verschlossen. Es hätte ansonsten sicherlich nur wenige Minuten gedauert, bis sich die schlauen Geschöpfe aus ihrem Kerker befreit hätten.

Gestern und heute haben Gertrud und ich die Bestien nicht gefüttert. Ihr unzufriedenes Gefauche war deswegen schon vernehmlich durch die Badezimmertür zu hören. Zum Glück war das Schlafzimmer des Alten der vom Bad entfernteste Raum, so dass er von all dem nichts mitbekam. Als wir vorhin mit seiner Pflege fertig waren, schloss ich die Badezimmertür auf und dann verließen Gertrud und ich die Wohnung des Mannes so schnell wie möglich.

Nun sitzen wir beiden bei einer Entspannungscigarette in unserem Wohnzimmer und hören ein klassisches Konzert. Nicht, dass uns daran irgendetwas liegt. Aber es ist doch die beste Musik, um die Schreie des Alten und das Schmatzen der Spinnen zu übertönen.

BERSERKERNDE HUNDEWELPEN ALS MUCKEFUCK ERSATZ

UNSERE KALTMAMSELL war eine vom ganz alten Schlag. Ihre Blütezeit hatte sie in den längst versunkenen Zeiten, als der große Mangel herrschte und einige den Kitt aus den Fenstern fraßen. Da konnte sie Tag für Tag aufs Neue triumphieren, ihre Augen glitzerten so eiseskalt wie ein Bergsee, der von der Morgensonne beschienen wird. Besitzer des Gasthofes war damals mein Onkel, ein allzu weichherziger Mensch, für den das Glas Wasser immer nur halbvoll, nie halbleer war. Er ließ sie nach Strich und Faden gewähren, er war ihr regelrecht verfallen. Wenn sie wieder einmal ohne jeden Anstand oder natürliches Maß einen Gast mit Schimpf und Schande überhäuft hatte, bis dieser bitterliche Tränen weinte oder wimmernd davonlief, fand mein Onkel auch noch gute Worte für sie. Sicherlich habe der Gast sie nicht genug gelobt und gepriesen, sei die Rechnung zu niedrig und das Trinkgeld zu bedeutungslos gewesen, usw. usf.

Als einmal ein Gast aufmüpfig wurde und sich über die Frau beschwerte, ließ sich das mein Onkel nicht gefallen. „Kerle wie dich habe ich früher zuhauf in meinem Rucksack verhungern lassen", brüllte er den armen Tropf zusammen, während die Kaltmamsell hinter dem Wirt stand und dem Gescholtenen allerlei unflätige Grimassen schnitt. Weinend zog der Mann schließlich ab, verhöhnt und verlacht von der Kaltmamsell, die ihm so durch das halbe Dorf folgte. Weil es nichts anderes gab, war das Lokal trotz solcher peinlichen Zustände immer übervoll. Zudem waren ihr Roastbeef, ihr Carpaccio, ihre Schokomousse aber auch von außerordentlicher Güte. Im Kopfe pfui, im Können hui! So gingen die Jahre ins Land und Onkel und Kaltmamsell lebten wie die Maden im Speck. Wie es der Lauf der Dinge aber nun einmal will, wurden die Alten älter – die Jungen aber auch. Plötzlich waren wir an der Macht und der vorherige Schlendrian und die Wurstigkeit waren vorbei. Es war wie in dem Sprichwort „Auf Regen folgt Sonnenschein". Die Menschen grüßten einander, die Witzebücher waren keine verbotene Bückware mehr und die über Jahre gehorteten Gold- und Geldstücke wurden wieder unter die Menschen gebracht und schon bald bogen sich die Tische unter Speis und Trank. Das schmeckte der Kaltmamsell und meinem Onkel natürlich gar nicht. Zudem herrschte im Gasthof nun allzeit gähnende Leere. Denn es öffneten andere Wirtschaften und hier gab es neben Kulinarischem auch eine nette Geste, ein liebes Wort von den Eignern. Das mochten die Menschen. Diese neuen Sitten bekümmerten den Onkel so sehr, dass er eines Tages in den Wald ging, ein bescheidenes Erdloch grub und darin Tag und Nacht betete. Nun war ich der neue Besitzer des Betriebes. Ich wusste natürlich von den dort herrschenden Zuständen. Als Kind war ich in einigen Ferien zu Besuch gewesen und hatte tüchtig unter den Tritten, Kneifereien und Haarereißereien der Frau gelitten. Dass ich nun Herr im Hause war und sogleich andere Sitten einforderte, mochte ihr natürlich gar nicht gefallen.

Immerhin durfte sie im Hause verbleiben, das gewährte ich ihr. Ihr Zimmer freilich musste sie aufgeben, das wollte ich als Abstellraum für Stühle mit wackeligen Beinen, abgenutzte Tische, angeschlagenes Geschirr oder stumpfe Messer nutzen. Sicherlich war sie empört und ungehalten, immerhin hatte die Frau über ein halbes Jahrhundert im Haus gedient. Doch das focht mich wenig an. Neue Zeiten, neuer Wind. Und wie du mir, so ich dir. Ich setzte gleich meine Brille ab und so sah ich die bösen Blicke gar nicht, die sie mir zuwarf. Auch hatte ich ihr ja einen neuen Platz direkt unter der großen Standuhr im Flur zugewiesen. Dort schlief auch Urga, die Hausbulldogge. Da hatte die Kaltmamsell immer Gesellschaft und wenn ihr einmal kalt war, konnte sie sich an das Tier kuscheln und sich an ihm wärmen. Was will man mehr! Zumal sie außerhalb des Gasthofes noch schlechtere Zeiten erwartet hätten. Es gab viele, allzu viele da draußen, die nur darauf warteten, die Frau obdachlos zu sehen und ihr eine ordentliche Abreibung zu verpassen. Ich an ihrer Stelle wäre also sicherlich zufrieden gewesen, aber Undank ist der Welten Lohn!

Weil ich durch beide Ohren gebrannt und mit allen Wassern gewaschen bin, war ich gleich auf der Hut, als sie mir kurz nach meinem Einzug ihre Remoulade zum Kosten brachte. Ich verweigerte die Einnahme und forderte sie auf, zuerst davon zu essen. Sie wollte nicht und war sehr bockig. Doch ein paar Hiebe mit der Hundepeitsche brachten sie schnell zur Räson und schließlich löffelte sie von der Sauce. Schon bald wälzte sie sich in bösen Krämpfen auf dem Boden. Um ihr leidvolles Gestöhne nicht hören zu müssen, drehte ich mein Hörgerät aus, schon herrschte himmlischer Frieden! Die Kaltmamsell überlebte und wusste nun, wer im Haus das Sagen hatte!

Sie war nun peinlich unterwürfig, machte immerzu einen Kratzfuß, wenn sie mich sah, und murmelte mich mit „Herr und Meister" an. Das ließ ich mir gern gefallen, es tat wohl, die alte Peinigerin nun in einer ganz anderen Rolle zu sehen. Trotzdem blieb ich immer auf der Hut, zu Recht, wie sich ein aufs andere Mal zeigte. Mal fand ich einen Skorpion in meinen Schuhen, mal versagten die Bremsen an unserem Lieferwagen den Dienst. Mal gab eine Stufe der Kellertreppe nach, als ich in das Gewölbe hinabstieg, um Wein für die Gäste zu holen. Doch ich zahlte es ihr mit gleicher Münze heim. Einmal etwa gelang es mir, während sie schlief, ihre Lippen mit Kleber zu versiegeln. Tagelang konnte sie nichts essen und trinken. Bevor der Kleister dann doch in seiner Wirkung nachließ, sah sie ganz eingeschrumpelt, vertrocknet und ausgezehrt aus. Ein herrlicher Anblick, an dem ich mich nicht sattsehen konnte. Und wenn auch der gegenseitige Hass unser Antrieb war und einen erheblichen Raum in unserem Leben einnahm, war er auch etwas, der uns gemeinsam schmunzeln ließ. Vor wenigen Tagen zum Beispiel begegneten wir uns kurz vor dem Weckerklingeln auf dem Hausflur.

Die Kaltmamsell hielt einen Topf mit gekochtem Teer in den Händen, den sie offenbar über meiner Schlafzimmertür anbringen wollte, sodass ich davon über und über verbrüht worden wäre. Ich dagegen hatte Schmierseife bei mir, die ich vor ihrer Schlafstelle verteilen wollte. Ein böser Sturz der Frau auf dem glitschigen Grund schien mir fast gewiss. Als wir uns bei der Vorbereitung unserer schlechten Taten allerdings auf dem Flur trafen, lachten wir beide auf, winkten uns sogar kurz zu und kehrten unverrichteter Dinge zurück. Ich hatte sogar das Gefühl, dieses nächtliche Zusammentreffen habe eine zartes Band zwischen uns geknüpft. Mir schien es tatsächlich, dass die Frau mir gegenüber danach ein wenig sanfter und langmütiger geworden war.

Auch stand sie mir in dunklen Zeiten mit Rat und Tat zur Seite. Der neue König hatte gleich nach seiner Inthronisierung den Kaffee in unserem Lande verbieten lassen. Zu fahrig, zu nervös erschienen ihm die Untertanen nach dessen Genuss. Tatsächlich wurden die Menschen ohne das tägliche Koffein ruhiger, Raufereien und böse Wortgefechte nahmen ab. Stattdessen herrschte Friede,

Freude, Eierkuchen und abends um zehn Uhr lagen die Menschen in ihren Betten und hatten einen gesunden Schlaf. Anstelle des Kaffees wurde nun allerorts Muckefuck ausgeschenkt. Doch hier war gleich die Krux. Der staatlich bestellte Muckefuckzuteiler war einst als Gast in unserer Wirtschaft überschlecht von der Kaltmamsell behandelt worden. Ausgestattet mit dem Gedächtnis eines Elefanten, hatte er diese Schande nie vergessen. Aus dem Grunde teilte er meinem Hause nur die allergeringste mögliche Menge von dem Getreidegetränk zu. So konnten wir es an unsere Gäste nur in den kleinsten Portionen ausschenken. Maximal eine halbgefüllte Espressotasse durften wir ihnen gewähren. Sie zischten uns deshalb garstig an und wenn Blicke töten könnten, deckte mich schon längst die kühle Muttererde meines Landes.

Doch es war die Kaltmamsell, welche die rettende Idee hatte. Urga, die schon erwähnte Hausbulldogge, hatte vor acht Wochen einen stattlichen Wurf getan. Die sechs frechen Welpen pflückte die Kaltmamsell von deren Schlummerkissen ab und verbrachte sie sogleich in die Schankstube. Die bissbegierigen Racker stürzten sich auf unsere Gäste, kniffen hier in Waden, zwickten dort in Arme, schnappten da nach Füßen, Fingern, Nasen oder was sich halt gerade darbot. War das ein Gekreische, Gequieke und Gebelle in dem Raum. Hunde und Menschen schienen aber durchaus zufrieden mit der Aktion, war doch endlich einmal Stimmung in der Bude. Das Tohuwabohu dauerte sicherlich ein gemütliches Viertelstündchen, dann waren die Beteiligten redlich erschöpft.

Die Kaltmamsell stopfte die nun müden und schläfrigen Bulldoggen in ihre Schürze und marschierte schnurstracks in die Küche. Dort zog sie die verschwitzten Schmutzfinken sogleich durch einen großen Topf voll Wasser, das sich durch Absonderungen der Hunde schon bald tiefbraun verfärbt hatte. Als die Tiere gesäubert waren, schaltete die Kaltmamsell den Herd an. Das bald warme Hundewasser füllte sie in Tässchen, um es den Gästen anzubieten. Die griffen gerne zu und ließen es sich schmecken. Ihre Schlürf- und Schmatzgeräusche, ihre Ahs und Ohs, ihre blitzschnell geleerten Tassen bewiesen, was für einen famosen Geistesblitz meine Bedienstete da gehabt hatte.

Erst Aufregung und dann Genuss hatten die Menschen heiter und lieb gemacht und ein warmer Trinkgeldregen prasselte auf die strahlende Kaltmamsell nieder. So geht es nun Tag für Tag, die Menschen rennen uns die Bude ein, das Gasthaus ist eine Goldgrube. Vorhin zeigte die Kaltmamsell mir lachend ihre Trinkgeldschätze. Was für ein prachtvolles Sümmchen sie da schon eingestrichen hat. Glücklich drückte sie mich und schenkte mir zu Feier des Tages von ihrem legendären Quittenlikör ein. Welche Labsal, welcher Hochgenuss.

Beim Schreiben dieser Zeilen nippte ich immerzu ein kleines Schlückchens dieser Delikatesse. Geleert, alles geleert! Wie wohlig müde ich nun bin, dabei war ich gerade noch so munter. In meinen Ohren scheint es zu rauschen, der Mund ist trocken, mein Herz schlägt so dumpf. Oh, da öffnet sich meine Stubentür, die Kaltmamsell tritt ein zu mir. Ich will aufstehen, sie ansprechen, es gelingt mir nicht. Sie legt nur lächelnd den Zeigefinger auf ihren Mund und flüstert „Psst". Jetzt schmeißt sie Likörflasche und Glas in einen Müllbeutel. Und mir ist plötzlich so kalt, das Herz scheint viel langsamer zu pochen als vor Minuten. Ich kann kaum noch die Arme, die Finger bewegen, es fällt mir zunehmend schwer, den Füller über das Papier zu führen.

Nun kommt die Kaltmamsell auf mich zu, in den Händen hält sie ein Leichentuch, das sie entfaltet. Ist das für mich? Es scheint so. Egal. Ich muss das Schreibgerät ablegen und die Augen schließen. Ich bin so entsetzlich müde.

ZWERGEN-
AUFSTAND

DEM ALTE KÜRSCHNER BEHRENS war ein reichlich guter Tag gelungen. Allerlei Getier hatte er das Fell über die Ohren gezogen. Die Körper hingen schon im Räucherofen und bald würde er wieder in seiner Stube sitzen und das von ihm so sehr geliebte Trockenfleisch naschen. Wenn er nur daran dachte, lief ihm schon das Wasser im Munde zusammen. Ach, wie lange hatte er das schon nicht mehr genossen? Er wusste es nur zu genau! Zwei Jahre, sechs Monate und zwölf Tage. Damals hatte der staatliche Kammerjäger Klüpfel ihm die letzten verbliebenen Zähne aus dem Mund herausgestemmt. Wie das krachte und knirschte, als der Klüpfel Hand anlegte. Dem guten Manne stand bei seiner Arbeit vor Anstrengung der Schweiß im Bart. Der Grund war aber auch zu rührend: Zum 50. Thronjubiläum des Königs wollte der umtriebige Bursche eine Prachtkette aus Altherrenzähnen überreichen. Mithilfe des Kürschners gelang ihm dieses Husarenstück auch trefflich.

Der Monarch freute sich sehr und dekorierte K & K (Kürschner und Kammerjäger) mit dem Verdienstorden des Landes. Wie stolz waren die Ausgezeichneten, als der König seine Jubiläumsrede im Fernsehen hielt und dabei neben Krone, Schwert und Zepter auch mit der Zahnkette geschmückt war. Wenn der König sich vorbeugte, um diesen oder jenen Punkt seiner Rede zu unterstreichen, schlugen die Zähne an der Kette unweigerlich leicht aneinander und erzeugte ein leichtes, edles Klappern. „Das sind meine", dachte der Kürschner damals und Tränen des Glücks stiegen ihm in die Augen. Allerdings blieb es ihm seitdem verwehrt, noch feste Nahrung zu sich zu nehmen. Sein guter Kamerad, der Bestatter Kobr, brachte zwar immer wieder Gebisse seiner Kunden mit. Doch wollte keines bisher recht passen. Es war zum Mäusemelken. Doch nun

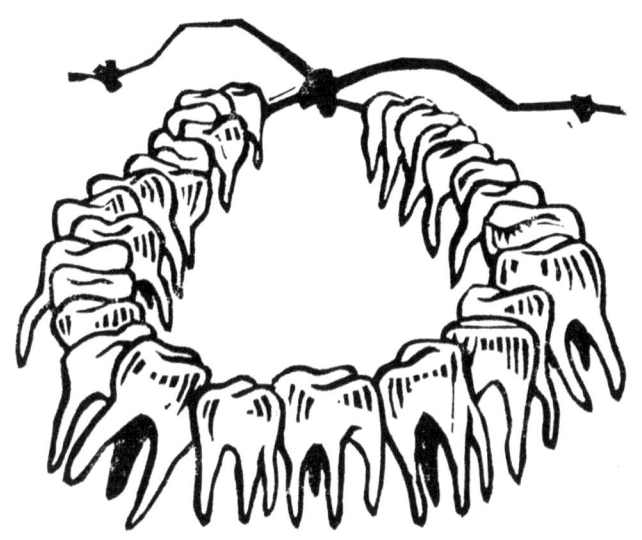

hatte Kobr eine ältere Dame in seine Werkstatt verbracht, um sie für die Einäscherung vorzubereiten. Gleich als er ihr Gesicht betrachtete, hatte der gewitzte Bestatter schon ein gutes Gefühl gehabt und die Zähne sofort aus ihrem Mund gezogen.

Schnurstracks eilte er mit dem Fund zum Kürschner. Und tatsächlich passte das neue Gebiss wie angegossen. „Endlich Schluss mit dem Püree", dachte der froh und ihm wurde warm ums Herz. Morgen früh würde er für die Frau eine Kerze in der Kirche entzünden. Nachdem er dem Bestatter zum Dank eine Hasenpfote geschenkt hatte, stellte er sich vor den Spiegel und lachte viel. Er freute sich über den vollen Mund, nun war das zuvor so eingefallene, gähnende Loch wieder mit Zähnen besetzt und sah nicht mehr so kläglich aus. Es hatte auch erbärmlich darin gezogen. Deshalb galt für ihn im Theater sogar ein Hausverbot, denn die lauten Windgeräusche in seinem leeren Mund hatten zu viele gestört.

Mit den neuen Zähnen und seiner schweren Flinte war er frohen Mutes in den nahen Wald gezogen, um wieder Tiere zu töten. Aus dem Flachmann trank er Zielwasser, das ihm den Körper wärmte und die zittrigen Hände ruhig machte. Teufel auch, jeder Schuss ein Treffer! Schon hatte er einen ordentlichen Batzen Hasen, Füchse, Bären, Wölfe, Mäuse, Marder, Rehe, Elche, Wildschweine, Wiesel, Eichhörnchen und allerlei mehr erlegt. Wie schade, dass dem Kürschner irgendwann die Munition ausging. Er hätte noch Ewigkeiten so weitertun können. Ach, er liebte seine Arbeit. Bei ihm war der Beruf noch Berufung. Es machte ihn sogar recht munter, die noch warmen Körper heimzuschleppen. Gleich morgen früh würde er die ersten Decken, Hausschuhe, Mützen, Krägen oder Mäntel fertigen. Doch vorher wollte der Kürschner noch einmal auf den Putz hauen. Im Keller hatte er noch einen ganz besonders kräftigen Wacholder-Brand stehen. Den beschloss er zu holen und wollte davon trinken, bis er nicht mehr konnte.

Aber hinter jeder Ecke kann eine gemeine Überraschung lauern, in jedem Loch das Böse hocken. Denn viel hätte nicht gefehlt und der alte Kürschner Behrens wäre in dem unaufgeräumten Keller seines schwammnassen Hauses einer hinterhältigen Kitzelattacke tollwütiger Zwerge zum Opfer gefallen. Sie trachteten schon seit Jahren danach, mit einer solchen Tat Oberhand über den Mann zu gewinnen und dann den schmutzigen Raum Richtung Licht und Freiheit verlassen zu können. Ihre Zukunft hatten sie sich in all der Zeit des Schmachtens ausgesprochen prachtvoll ausgemalt. Nichts weniger als die völlige Weltherrschaft wollten sie erlangen, um dann zahllose Teufeleien auszuführen, von denen noch spätere Generationen ängstlich raunen würden. Ihre Gedanken waren so garstig, dass davon sogar die Asseln und Schaben in ihrer Umgebung verkümmerten. Das alles ahnte Behrens nicht, als er zu ihnen herabstieg. Ja, die Existenz der Unholde war ihm sogar gänzlich unbekannt. Bisher hatten sie sich in einem hinteren Winkel verkrochen, wenn er den Weg in den tiefen Raum ging. Zu mächtig, zu stark, zu eiskalt hatte er trotz seines Greisentums auf sie gewirkt. Als er jedoch heute in den Keller trat, witterten die Zwerge Morgenluft. Die Freude über die neuen Zähne, die gelungene Jagd hatten ihn weich gemacht. Das spürten die Zwerge sogleich. Vergnügt rieben sie sich die Hände. Heute war der Tag, den Aufstand zu machen. Ihre kleinen Augen glitzerten, als sie sich zuwisperten, wie sie den Alten zugrunde richten wollten. Erst gäbe es so viel Dresche, dass ihm Hören und Sehen vergingen. Danach sollte er so zerschunden sein, dass er weder stehen noch sitzen konnte und nicht mehr wissen sollte, wo oben und unten ist. Sie grunzten zufrieden bei diesen Gedanken. Als der Kürschner gerade den Schnaps gegriffen hatte, rief der Zwergenanführer „Auf ihn mit Gebrüll" und die schimpflichen Gesellen stürmten kreischend, knurrend und gellend auf ihr Opfer zu. Mit seidenweichen Mäuseohren wollten sie ihn zu Boden kitzeln und ihm dann zunächst tüchtig den Hintern versohlen. Aber Behrens war kein Waisenknabe und besaß Nerven wie Drahtseile. Weil er wegen der letzten guten Stunden so glücklich war, hatte er vorsorglich seine schweren Bleischuhe angezogen. Er war auf diesem Gebiet immer auf der Hut. Denn als er ein junger Kerl war, hatte ihn die erste große Liebe so federleicht gemacht, dass ihn ein böser Wind ergriff und in ein fernes Land gepustet hatte. Auf dem langjährigen Heimweg hatte der Kürschner ein Auge, beide Ohrläppchen und drei Finger der rechten Hand eingebüßt. Und der Mann, dem er sein Herz schenkte, hatte sich vor Kummer längst in den Tod getrunken. Doch das ist eine andere Geschichte, die vielleicht später einmal erzählt werden soll.

Kaum hatten die Zwerge ihr Ziel erreicht und mit den Mäuseohren zu fuchteln begonnen, reagierte das vermeintliche Opfer ausgefuchst und abgebrüht. Während sich die Missetäter an seinem Bein versuchten, begann er blitzschnell einen Schlager zu summen. Da er den Rhythmus im Blut hatte, konnte er gar nicht anders, als sich sofort zur Melodie zu bewegen. Es war ein Cha-Cha-Cha, der naturgemäß sehr schwunghaft ausgeführt wird. Die Zwerge waren davon so überrascht, dass sie kurz innehielten und den Kürschner verblüfft anstarrten. Das tat ihnen nicht wohl. Binnen Sekunden zertanzte der alte Mann sie mit seinem Bleischuhen zu Brei. Behrens schwofte noch ein Weilchen weiter. Er schloss die Augen und stellte sich vor, dass er nicht die Wacholderschnaps-Flasche, sondern die große Liebe im Arm hielte. „Wie salzig doch die eigenen Tränen schmecken", dachte er wieder einmal.

Als er schließlich den Keller verließ, drehte er noch rasch die Heizung auf. Die Wärme würde den Zwergenschlamm über Nacht eintrocknen.

EIN KÜNSTLER-LEBEN

GERADE WIR KÜNSTLER benötigen den so erholsamen Morgenschlummer ganz besonders dringend. In diesen Stunden haben wir, zwischen Wachen und Schlafen hin- und herwechselnd, die feinen abwegigen Gedankengänge, die ja echtes kreatives Schaffen erst möglich machen. Heute gelang es mir zum Glück bis in den frühen Vormittag zu ruhen. Meine Frau Elke, ein einfacher aber gutmütiger Mensch, muss immer in aller Herrgottsfrühe aus den Federn, weil sie unseren Lebensunterhalt als Staubsaugervertreterin bestreitet. Man kann sich vorstellen, an wie vielen Türen sie klopfen und schellen muss, wie oft sie die Teppiche in fremden Wohnungen saugt, das Austauschen des Schmutzbeutels erklärt und das mannigfaltige Bürsten-Zubehör vorzeigt, um einen vernünftigen Lohn nach Hause zu bringen.

Oft kommt sie erst tiefspät am Abend zurück und ist dann so müde, dass sie sofort, ohne auch nur die rauen Kleider abzulegen, ins Bette geht. Leider ist sie nicht nur schlicht, sondern auch ungeschickt. Allzu häufig knarzt beim frühmorgendlichen Aufstehen das Bett, klappern die Kleiderschranktüren, wenn sie dort ihre Wäsche entnimmt, oder aus der Küche ist das Klirren von Frühstücksgeschirr zu vernehmen. Werde ich von einem dieser Geräusche wach, ist es mit dem Künstlertum für den Tag natürlich dahin. Ich mag ihr aber nicht böse sein, denn ich habe ein großes Herz. Auch tut es mir gut, dass sie mein Schaffen leidenschaftlich unterstützt. Meine erste Frau, eine zu Beginn unserer Ehe noch wohlhabende Konditormeisterin, ist da leider von einem ganz anderen Schlag gewesen. Eiseskalt hatte diese unmögliche Person mich wiederholt als „Taugenichts", „Trunkenbold", „Blender" und „Verschwender" beschimpft. Nannte sie mich am Anfang unserer Ehe noch „Mein kleines Naschkätzchen" und hatte mir immerzu süße Schleckereien in den Mund gestopft, änderte sich das im Laufe unserer Beziehung deutlich.

Mir war dieser Mensch auch zu sehr dem Gelde hinterher. Immer und immer wieder gängelte sich mich, dass ich ihre Ersparnisse verprasse. Das Gekeife darum wurde ihr regelrecht zur Obsession. Sie verstand einfach nicht, dass es sich bei Bratkartoffeln und Kotelett oder mit Anzügen von der Stange nur schwerlich vernünftig dichten lässt. Wie belebend für den Geist sind doch Kaviar & Champagner, maßgeschneiderte Sakkos & Cashmere-Kniestrümpfe, ein alter Weinbrand & eine exquisite Cigarre. Zum endgültige Bruche kam es, als ich mir einen Hermelinmantel anfertigen ließ.

Ich dachte damals daran, die Arbeit an einem Gedichtzyklus aufzunehmen, und spürte feinfühlig, dass mir dieses prachtvolle Kleidungsstück bei der so entscheidenden Ideenfindung helfen würde. Als meine Gattin mich damit heimkommen sah, zeterte sie los, dass ich sie nun wohl vollends ruinieren wolle. Sie käme günstiger davon, wenn sie das Geld zum Fenster hinausschmeißen würde, als mich im Hause zu haben. Überhaupt welches Geld? Das Ersparte aus drei Generationen sei nahezu vollkommen aufgebraucht. Auch habe sie durchaus bemerkt, dass das wertvolle Erbgeschirr ihrer Großmutter verschwunden sei. Das dreiste Stück prahlte sogar damit, dass sie meine Anzugtaschen durchsucht und die Quittung vom Pfandhaus gefunden habe.

Da hört sich doch alles auf! Es gibt doch kaum etwas Privateres als die Taschen eines Mannes. Meine damalige Frau merkte an, gleich am nächsten Morgen zum Anwalt laufen und mich verklagen zu wollen. Sie werde schon dafür sorgen, dass ich ins Gefängnis käme, grummelte sie und verschwand zur Nachtruhe ins Schlafzimmer. Schon bald hörte ich sie tüchtig schnarchen.

Als Künstler übersensibel, merkte ich, dass ich in dieser vergifteten Atmosphäre nichts Großartiges mehr schaffen könnte. „Hinaus in die Welt", dachte ich mir und verließ leise die Wohnung. Tieftraurig schlich ich durch das Treppenhaus zur Straße hin und betrachtete wehmütig die kostbare Perlenkette, die ich mir zur Erinnerung an diese Ehe mitgenommen hatte und die am Tage unserer Hochzeit so anmutig den damals noch schmalen Hals meiner Gattin geschmückt hatte. Doch fortan hieß es nach vorne schauen! Mit dem ersten Zug verließ ich die Stadt und änderte auch sogleich meinen Namen, damit mich diese impertinente Person nicht weiter mit ihren widerwärtigen Behauptungen und Beschimpfungen peinigen konnte. Die Frau war für mich ein für alle Mal erledigt!

In der nachfolgenden Zeit hatte ich ohnehin nur wenig Gelegenheit, an sie zu denken. In nur einer Woche musste ich mir ein neues Zuhause suchen, denn viel länger konnte ich mit dem Geld, dass ich durch den Verkauf der Perlenkette hatte einstreichen können, nicht angemessen leben. Tatsächlich kam ich dann bei einer alten Pensionistin unter. Doch die ständigen Liebkosungen dieser verwitterten Frau waren mir auf Dauer zuwider. Auch setzten sie meiner Konstitution zu, denn schließlich bin ich kein Jüngling mehr, sondern stehe in der Mitte des Lebensalters. So war ich nur zu froh, als sie eines Vormittags zur Zahnpflege einige Stunden außer Haus war.

Ich trank gerade Lebertran zur Stärkung meines geschundenen Körpers, als es an der Tür klingelte. Neugierig öffnete ich, denn unverhofft schneien ja oft die hübschesten Überraschungen ins Haus. Erst kürzlich hatte der Postbote einen Auszahlung ihrer Lebensversicherung für die Pensionistin gebracht. Weil sie zum Kaffeesieren bei ihrer liebsten Freundin war, hatte ich die Summe angenommen und gleich für mich eingesteckt. Ein nur gerechtes Taschengeld für das, was ich in diesem Haushalt als Mann zu leisten hatte.

Doch diesmal war es nicht der Postbote, sondern eine fidele und sogar leidlich hübsche Staubsaugervertreterin – Elke!

Gern bat ich das junge Ding hinein und schwatzte ihr ein Gläschen Holunderlikör auf. Während sie schüchtern daran nippte, erfuhr ich durch ein paar geschickte Fragen Familienstand (ledig), Wohnungsgröße (3 Zimmer), Interessen (Fernsehen, Kitschromane) und zu erwartendes Erbe (Einzelkind; die Eltern lebten in einem eigenen Häuschen im Schwarzwald, der Vater ein Kammerjäger im Ruhestand mit löblicher Pension). Das klang doch alles sehr verheißungsvoll, verheißungsvoller jedenfalls als das trübe Leben bei der libidinösen Offizierswitwe!

Durch ein paar säuselnder Schmeicheleien („So zarte Hände", „Augen strahlen wie schöne Sterne", „die schönste Rose auf einer Blumenwiese") machte ich sie sofort verliebt in mich. Mit südländischer Glut in den Augen (das vermochte ich schon als Knabe zu bewerkstelligen; die Rettung bei meiner Erdkundelehrerin, die mich eigentlich so schlecht benoten wollte, dass mir nur die Wiederholung der dritten Klasse möglich gewesen wäre) flüsterte ich ihr fragend zu: „Darf ich Sie für immer begleiten?". Feurig und lange schaute ich ihr dabei in die Augen. Was für eine Nervenleistung! Denn mir brannte es unter den Nägeln, die Wohnung so schnell wie möglich zu verlassen.

Jeden Augenblick konnte die Alte von ihrem Pflegetermin zurückkommen, so viele Zähne hatte sie schließlich nicht mehr. Doch gehen konnte ich ja erst, wenn ich ein neues Heim gefunden hatte. Zwar war das Leben mit der Offizierswitwe aus den oben angedeuteten Gründen eine rechte Qual und Last, aber doch immer noch besser, als im Männerwohnheim Quartier nehmen zu müssen.

Elke war, wie sie mir später eingestand, so vom überraschenden Liebesglück überwältigt, dass sie sprachlos war. Als erfahrener Mann, der schon mancherlei gesehen, geschmeckt und gerochen hatte, begriff ich in dem Augenblick zum Glück, dass es bereits um sie geschehen war. „Wir gehen jetzt, meine Teuerste", nahm ich das Ganze geistesgegenwärtig in die Hand, griff rasch nach dem bereits seit geraumer Zeit vorsorglich gepackten Koffer mit meinen Habseligkeiten, hakte Elke unter und schon eilte ich mit ihr das Treppenhaus hinab. „Weil die Liebe zwischen uns so groß ist und wir keine Zeit verlieren wollen, miteinander zu sein", begründete ich meine Hast.

Wie wohl hatte ich mit meiner Eile getan! Kaum waren wie aus dem Mietshaus getreten, sah ich am anderen Ende der Straße die Offizierswitwe heranhumpeln. Zum Glück war sie nicht nur furchtbar alt, sondern auch ungemein eitel und verzichtete deshalb auf das Tragen der eigentlich dringend benötigten Brille. Daher erkannte sich mich nicht, sondern schlurfte so schnell es ihr möglich war in den Hauseingang. Wahrscheinlich drängte es sie in meine Arme zurück. Wie überrascht würde sie dreinblicken, wenn sie die Wohnung verlassen vorfinden würde. Recht geschah es ihr, wie kann man in dem hohen Alter auch nur so liebestoll sein! Derweil spazierte ich mit Elke zu ihrem Heim. Regelmäßig zog ich sie auf dem Weg dorthin in eine Hauseinfahrt, um sie zu küssen. Noch regelmäßiger warf ich ihr verliebt aussehende Blicke zu, um sie ganz in meinen Bann zu ziehen. Tatsächlich blühte sie unter der für sie ungewohnten, ja offensichtlich unbekannten Aufmerksamkeit auf wie eine Rose von Jericho, die mit Wasser benetzt wird! Ich war aber auch in Höchstform, denn ich spürte, dass Elke die Frau sein könnte, die für mein Künstlerleben das allergrößte Verständnis haben würde. Solch ein Wesen galt es gleich von Anfang an so fest als möglich, bedingungslos an mich zu binden.

Die gute Elke, in Liebesdingen nur wenig erfahren und zudem bitterlich enttäuscht worden (ihr erster Freund hatte sie für den Armeedienst aufgegeben, der zweite sie mit ihrem besten Freund betrogen; seitdem lebte sie allein), ließ sich nur zu gern auf mich ein, merkte sie doch instinktiv, dass ich von einem ganz anderen Kaliber bin als die vorherigen Nichtsnutze. Auch genoss sie ihre neue Wichtigkeit, einem Künstler sein Tun zu ermöglichen. Nur drei Monate nach unserem Kennenlernen heirateten wir. Es war eine stille Feier. Elke hatte keine so engen Freunden, dass man sie hätte einladen müssen, mich kannte in dieser Stadt ja sowieso niemand. So waren nur Elkes Eltern anwesend. Wir sahen uns zum ersten Mal und mochten sie im ersten Augenblick vielleicht auch etwas erschrocken sein, dass ich älter als Elkes Vater bin, waren sie schlussendlich wohl einfach froh, ihre Tochter doch noch unter die Haube zu bringen.

Die Eheschließung feierten wir vier an einem Stehimbiss am Hauptbahnhof. Weil die Zugverbindungen in ihren kleinen Heimatort so ungünstig waren, mussten Elkes Eltern schon frühzeitig wieder aufbrechen. Zu gern hätte Elke die beiden länger bei uns behalten. Doch da ich gerade die Idee zu einem Kurzdrama ausheckte, war es nur selbstverständlich, dass so schnell als möglich wieder Müßiggang einkehrte.

Inzwischen sind allerlei gute Monate ins Land gezogen. Ich bin ein wahrer Hans im Glück, habe es warm, trocken und Elke liest mir nur zu gern jeden Wunsch von den Augen ab.

Am heutigen Morgen war sie zudem vorbildlich leise, vielleicht schlief ich aber auch besonders tief, weil ich bis spät in der Nacht vom Rumtopf naschte, den sie zuvor für Weihnachten aufgesetzt hatte. Etwa gegen elf weckte mich der Hunger. Schnell kleidete ich mich in meinem neuen Seidenmorgenmantel mit Pfauenmuster. Ah, wie stattlich und elegant sah ich doch darin aus. Das schöne Stück war ein Geschenk meiner Frau. Mehrere Wochenenden hatte sie durchgearbeitet, um mir diese kleine Freude zu bereiten. Nachdem ich mich wohlwollend im Spiegel betrachtet hatte (es mag hier nicht verschwiegen werden, was für ein stattlicher Kerl ich doch bin), ging ich neugierig auf das Frühstück in die Küche. Ach wie lieb! Meine treusorgende Gattin hatte vor dem Aufbruch zur Arbeit mir ein Schälchen mit meinen so heißgeliebten Krabben ausgepult. Damit es ja nicht trocken wird, hatte sie das mit Trüffeln belegte Brötchen sorgfältig mit Cellophanfolie abgedeckt. Auch der frischgemachte Obstsalat sah appetitlich aus. Und der in der Thermoskanne warmgehaltene Kaffee war mit der perfekten Menge Milch versetzt. Doch auch ein Mangel muss erwähnt sein: Das Drei-Minuten-Ei war eher ein Vier-Minuten-Ei und mir daher von der Konsistenz ein wenig zu fest.

Manch anderer hätte getobt, aber als Mann von Welt nimmt man es mit einem solchen kleinen Fauxpas ganz nonchalant nicht so genau. Nach Frühstück, Rasur und einem Wannenbad in betörendem Rosenöl fühlte ich mich bereit für den Tag.

Beschwingt setzte ich mich an den Schreibtisch und nahm mir mein Romanmanuskript „Die Steißbeinlage. Aufzeichnungen eines rabulistischen Trinkers" vor. Einfach herrlich, welch ungewöhnliche Gedankengänge ich dort schon genial untergebracht hatte. Für dieses Werk wird man mich feiern müssen, der Durchbruch in den Feuilletons ist mir gewiss! Um mich der geistigen Arbeit so ganz hingeben zu können, wollte ich vor dem Schreiben noch ein belebendes Getränk zu mir nehmen. Doch die Bestückung der Hausbar versetzte mir einen Schock. Alles leer! Nur etwas Gin war noch da, aber ich musste die Flasche ein ganzes Weilchen über Kopf halten, bis mir endlich ein paar klägliche Tropfen in den allzu trockenen Mund rannen. Wie unachtsam von meiner Frau, hier nicht neu und ausreichend zu bevorraten! Darüber würde heute Abend zu reden sein!

Aber mir war gewiss, dass ich ohne hochprozentige Inspiration würde nicht schaffen können. Was tun? Draußen regnete es Bindfäden, kein Wetter, um in Seidenmantel und Hausschuhen zum Spirituosen-Laden zu schlendern. Die Nachbarstochter, die ich in solchen Umständen gerne zum Schnapsholen einspanne, war in der Grundschule. Elke anrufen und beauftragen, sofort etwas zu kaufen und heimzubringen? Unmöglich! Sie sollte nur recht tüchtig und ohne viel Ablenkungen arbeiten, damit endlich das viele Geld zusammenkam, das der schwergoldene Siegelring kostete, den ich schon ein ganzes Weilchen wollte. So rief ich beim Taxidienst an und befehligte, dass man einen Chauffeur losschicke, damit er dreierlei Sorten Schnaps

(Weizenkorn, Weinbrand, Obstler) kaufe, die er mir in meine Wohnung bringen solle. Doppeltes Fahrgeld, Kaufpreis und ein saftiges Trinkgeld seien ihm gewiss.

Nicht einmal ein halbes Stündchen später war der Mann mit den gewünschten Kostbarkeiten bei mir. Es war ein schmieriger, verschlagener Kerl, der mir gleich gefiel. Kaum hatte er seinen Lohn erhalten, zeigte er auf die Flaschen und erzählte, dass er an Wiedergeburt glaube. Er habe schon einmal als Vogel gelebt – als Schluckspecht. Herzhaft lachten wir beide über diesen abgeschmackten Scherz, bei dem man noch aus hundert Kilometern Entfernung gegen den Wind merkte, dass ihn mein Gegenüber schon unzählige Male zum Besten gegeben hatte, wenn er irgendwo die Möglichkeit witterte, sich kostenlos zu betrinken. So ließ er es sich auch nicht zweimal sagen, als ich ihn einlud, auf ein Schlückchen zu bleiben.

Schon bald war die herrlichste Privatparty in Gange. Wir waren beide keine Kostverächter mit mächtigem Vormittagsdurst. Hui, hatten wir einen Zug am Leib. Die Zungen wurden uns so schwer, dass kein Gespräch mehr möglich war. Doch ich wusste Rat, wie wir uns die Zeit zwischen den Schlucken vertreiben konnten. Elke hatte scheußliches Blümchengeschirr, das mir schon lange missfiel. Wir nahmen Teller, Tassen und Terrinen und warfen sie gegen die Wand. Was für ein Vergnügen, die Zeit verging wie im Fluge. Irgendwann war jegliches Geschirr zerschmissen, alles ratzekahl leergetrunken und wir Bäckerburschen redlich erschöpft. Der Chauffeur hatte es sich im Sessel bequem gemacht. Ich lag auf der Couch und rutschte aufgrund meines Zustands dort tief in die Sofaritze. Da komme ich selbstredend nicht mehr allein heraus. Elke wird mich bei ihrer Heimkehr aus der misslichen Lage befreien müssen. Die zarte, kleine Person muss dann unmenschliche Anstrengungen aufwenden, die sicherlich über ihre Kräfte gehen. Oh we, vielleicht wird sie sich dabei gesundheitlich ruinieren und mit maladem Rücken wochenlang darniederliegen. Wer soll mich dann umsorgen, wie soll dann mein Traum vom goldenen Siegelring schon bald Wirklichkeit werden?

Ich möchte nicht undankbar sein, aber Sorgen, nichts als Sorgen hat man mit dieser Frau, es ist doch zum Haareraufen!

WEIHNACHTEN MIT RÜBEZAHLEN

K. WAR EIN TAUGENICHTS wie er im Buche steht.

Verkommen, verludert, verschlagen und noch viel mehr. Nichts war ihm heilig. Nicht einmal das Weihnachtfest.

Die Nacht zum 24. Dezember hatte er mit sich selbst durchzecht. So tat es er es gern, weil er zum Teilen des Alkohols zu geizig war.

Im Morgengrauen verließ er seine bittere Behausung, um zu sehen, wo er vielleicht noch allerhand Unheil anrichten könnte.

Er schlurfte hier und da entlang, ließ Luft aus Autoreifen, kippte den Unrat der Mülleimer vor Haustüren und durchschnitt mit einer Schere die Kabel der Weihnachtsbeleuchtungen.

Bald kam der ungemütliche Kerl an ein recht abgelegenes Haus. Schon lachte er höllisch, sah er doch die Kohlenluke offenstehen. Er wollte sich in das Heim der sicherlich noch schlummernden Bewohner stehlen, allerlei Unordnung schaffen, den Festtagsbraten aufessen und den Ofen löschen, damit es die armen Menschen an Weihnachten recht trüb & trist hätten.

Doch sein schmutziger Plan misslang trefflich.

Kaum tappte er ins Wohnzimmer, wurde er von einer Vielzahl kräftiger Hände gepackt und so ordentlich durchgeprügelt, dass ihm Hören und Sehen verging. Ganz grün und blau war er, als endlich Ruhe einkehrte. K. kam nun dazu, sich umzusehen und blickte auf ein gutes Dutzend behaarter Ungetüme. Es waren Rübezahle, die sich sich in guter Tradition zum Weihnachtsfest aus aller Herren Länder zusammengefunden hatten. Und, man weiß es ja, andere Wesen, andere Sitten.

Den Burschen war es die schönste Gemütlichkeit, den unerwarteten Besucher recht tüchtig zu teeren und zu federn. Kaum damit fertig, streichelten sie mit ihren rauen Pranken sein Haar, bis es wund war. Auch kitzelten sie ihn sehr ausführlich, pusteten in seine Ohren und aßen seine Kleidung auf. Dann wurde ihnen der Mann aber doch zu langweilig. Mit kräftigen Tritten beförderten sie K. aus dem Haus. Nackt und von dem Erlebten unsäglich erschöpft, stand er im Schnee.

Eisiger Winterwind buhte ihn an. Zitternd wie Espenlaub wankte er nach Hause. Da erging es ihm auch nicht gut.

Weil ihn der Weihnachtsmann nicht angetroffen hatte, hatte der Gabenbringer deshalb K. den ganzen Schnapsvorrat weggetrunken und ihm ein Dutzend Engel dagelassen, die K. seither immerzu mit frommen Sprüchen belästigten.

DER FEINE
HERR DOKTOR

In der Funktion als beliebtester Grabschaufler in meiner kleinen Heimatstadt hatte ich ein mehr als bekömmliches Auskommen. Das Klima unserer Gegend war aber auch mörderisch. Tropische Hitze wechselte sich mit eisiger Kälte und gleich darauf folgenden wütenden Stürmen ab. So etwas haut ja auf Dauer den stärksten Mann um. Bei mir hieß es deshalb von früh bis spät: „schaufeln, schaufeln, beerdigen, beerdigen, schaufeln, schaufeln, beerdigen, beerdigen."

Für eine Atempause fehlte mit schlicht die Zeit.

Bis zum letzten Herbst, wohlgemerkt.

Da wirbelte der gerade hinzugezogene Arzt unseren bewährten Alltag gehörig durcheinander. Der feine Herr Doktor brachte nämlich allerlei neumodische Tinkturen mit, die er den Menschen auf die Zunge tröpfelte. Schon bald trotzten sie den Unbillen der Natur ganz anders als einst, waren allgemein viel widerstandsfähiger.

Für mich brach dadurch eine richtige Sauregurkenzeit an. Aus Langeweile trank ich viel zu viel Wurstwasser und cremte mir die Füße mit Fleischsalat ein. So zarte Haut hatte ich dort noch nie gehabt. Müßiggang war nun mein Tagesgeschäft. Doch bei rechtem Licht betrachtet war das natürlich kein Dauerzustand. Ich strotzte doch vor Kraft und wollte tätig sein.

Auch in der Stadt ging es drunter und drüber. Weil kaum noch jemand starb, waren die Fußgängerzonen proppevoll. Die Händler murrten schon, immerzu drängten Menschen in ihre Geschäfte. Was mir zu wenig geworden war, wurde ihnen zu viel. Ihre Laune war bald so übel, dass sie immer öfter Kunden aus den Läden prügelten. Die so gedemütigten waren nun ihrerseits missmutig und drangsalierten zum Abreagieren andere. Eine furchtbare Kettenreaktion.

In unserem einst so friedlichen Städtchen waren Streit, Schlägereien und Pöbeleien an der Tagesordnung.

Zum Glück war unser Bürgermeister ein mit allen Wassern gewaschener Macher. Keiner, der zaudert, zögert und greint, nein einer von den Prachtburschen, die gleich anpacken. Als bei uns etwa vor Jahr und Tag eine wahre Fliegenplage herrschte, lief er mit einem Strohhalm durch die Straßen und hatte nach wenigen Tagen alle Störenfriede aufgesaugt. Dass er durch den übermäßigen Insektengenuss stark an Gewicht zugelegt hatte, machte ihn bei den Frauen nur umso begehrter.

Er verriet mir seinen Schlachtplan, ich willigte sofort ein, zu helfen. Wir stellten Schüsseln und Teller in seinen Garten und gossen sie mit Weinbrand voll. Der Duft der köstlichen Spirituose lockte schon bald die Raben der Gegend an. Die gefiederten Schleckermäulchen labten sich an dem Alkohol, bald flatterten sie orientierungslos durch den Garten, lagen bewusstlos auf dem Rücken oder hockten benommen da und fiepten kläglich vor sich hin. Das Ganze gefiel den Vögeln naturgemäß ganz ausgezeichnet. Kaum hatten sie sich einen Hauch erholt, stürzten sie sich erneut auf Schüsseln und Teller. Der Bürgermeister und ich ließen uns aber auch nicht lumpen und schenkten immerzu kräftig nach. So ging es wohl eine gute Woche lang, unsere gefiederten Freunde waren längst hochgradig alkoholabhängig und wir rieben uns zufrieden die Hände. Dann sammelten wir morgens Schüsseln und Teller ein. Am Abend kam der Arzt auf Besuch, unser Bürgermeister hatte ihn zu sich eingeladen. Es gab Knabbergebäck und Weinbrand. Da schlug der Doktor natürlich gern zu. Vor allem, weil der Bürgermeister ihm unentwegt Honig ums Maul schmierte und kriecherisch sein Können pries. Solche

Lobhudeleien gingen dem Gast natürlich herunter wie Öl. Der Arzt lächelte glücklich und seine Stirn glänzte schon fettig. Immerzu eilte ich devot herbei und schenkte wieder und wieder Weinbrand in sein Glas. Als sich die Uhr Mitternacht näherte, war der Kerl so dudeldick, dass er nicht mehr reden, geschweige denn sich aus seinem Stuhl erheben konnte. Er schnaufte nur noch schwer. Nun war unsere Zeit gekommen. Wir trugen ihn samt Stuhl in den Garten. Das saßen zu Hunderten die Raben und zitterten vom Entzug. Als sie den weinbrandbefüllten Doktor rochen, stürzten sie sich in Scharen auf ihn. Gierig hackten sie in ihn, um an den Alkohol zu kommen. Ich habe noch nie gesehen, dass ein Mensch so schnell aufgefressen wird wie hier! Ratzfatz war der Mann weg! Einzig seine Knochen lagen noch verstreut im Garten. Aber nur kurz. Olkmar und Bilkow, die Bulldoggen unseres Bürgermeisters, verspeisten diese Leckerbissen.

Zufrieden lachten der Politiker und ich über unsere gelungene Tat! Steinmüde zogen wir uns in unsere Betten zurück und schliefen den Schlaf der Gerechten. Schon bald war wieder alles wie in der guten alten Zeit: Schaufeln, schaufeln, beerdigen, beerdigen, schaufeln, schaufeln, beerdigen, beerdigen. So kann es für mich bis in alle Ewigkeit weitergehen!

Die Illustrationen in diesem Buch
sind Linolschnitte von Anja Giese.
Sie arbeitet als Grafikerin und
Illustratorin in Hamburg.

www.anjagiese.de

Hanebüchene Kurzgeschichten

RAMBAZAMBA
IN DER
SCHNICKSCHNACK
BAR

In diesem Buche finden sich allerlei kuriose Absonderlichkeiten: Peinigungen sind an der Tagesordnung, Alkohol wird verputzt, Heizdecken dienen Schrumpfungen. Zu den Handelnden gehören teuflische Froschbläher, gemeine Rosstäuscher, fette Königinnen und natürlich maßlose Trinker.

In jeder Buchhandlung erhältlich.